Hans Breidbach – Bernau

SCHICKSALSLIED

DEM HOCHVEREHRTEN HERRN
BUNDESPRÄSIDENTEN
DR. RUDOLF KIRCHSCHLÄGER
ERGEBENST ZUGEEIGNET!

Hans Breidbach-Bernau

ST. WOLFGANG-RIED
11.7.1980

Hans Breidbach-Bernau

SCHICKSALSLIED

J. G. BLÄSCHKE VERLAG DARMSTADT

Druck: Artia Offsetdruck GmbH Reutlingen
Printed in Germany
ISBN 3–87561–504–2

Zum Geleit

Im vorliegenden Lyrikband sind Arbeiten von HANS BREIDBACH–BERNAU aus dreißig Jahren zusammengefaßt, wobei der Anteil der JUGENDGEDICHTE der weitaus größte ist. Der Autor, wenngleich von ihm mehrere Bücher erschienen sind und er literarische Auszeichnungen erhielt, hat seinen Standort inmitten eines etwas ungewöhnlichen Bezugsfelds: Er fühlt und betätigt sich als ein V e r m i t t l e r zwischen den Reichen der Kunst, Kultur und Literatur und jenem des Sports, des Olympismus und ihren in viele menschliche und sachliche Räume reichenden Beziehungen. Als Sohn reichsdeutscher Eltern überwiegend im österreichischen Salzkammergut aufgewachsen, dessen Stimmungen und Landschaften die meisten seiner der Naturlyrik zuzuordnenden Gedichte angehören, versuchte der Autor inmitten einer Welt zunehmender Vermassung und Mechanisierung Elemente der Naturverbundenheit, einer sehr persönlich geprägten Lebensform und eines gewissermaßen naiven Verhältnisses zu Dichtung und Kultur in Gedanken und Werken zu verwirklichen. So ist sein Reich das der Stille der Bergwelt, der Wälder und Seen jenes schönen Voralpengebietes im Wechsel der Jahreszeiten, aber auch der Krieg, die vitalen Felder des Leistungssports, mancherlei menschliche Hintergründe werden in diesen um Schlichtheit bemühten Gedichten angetönt. Der 1921 in Wien geborene Autor lebte auch lange in Berlin und anderen deutschen Städten, seit dem Kriege aber fast zur Gänze in seiner Heimat am Wolfgangsee, welchem Heimatgebiet er immer neue Formen und Aussagen in Poësie und Prosa abzugewinnen sucht.

I. Teil: In den Bäumen reift ruhig die Frucht

Das Jahr

Wer hat den Hähnen silberne Körner gegeben,
daß sie so silbern hinaus in die Ferne kräh'n
und zu den weißen, verwehenden Wolken, die schweben,
aus ihren schimmernden, blinkenden Federn späh'n?

Ja, und wer hat denn den Weiden das Haar geglättet,
daß es wie Seide im raschelnden Winde sich wiegt?
Wer hat den Blumen den Glanz aus dem Frühling gerettet,
daß er im Juli auf bläulichen Wiesen noch liegt?

Ach, das ist ein uralter Zaubrer gewesen,
der bei sinkender Sonne den Wald durchweht,
raunend von tiefem Geheimnis, ein schillerndes Wesen,
vierfach sich wandelnd, leuchtend und sternbesät.

Einzug des Frühlings

Nicht wie der Sommer fällt er mit grollendem
Wolkengefolge hoch und leuchtend
in dem Gebirg ein, als rauschten Berittne
brausend ins Korn.

Einsam noch streift er nächtlich durchs Land,
im Haare die Kühle der Wandrung durchs Schneefeld.
Bis zum Taglicht schweift er durchs nackte
Astwerk der Haine. Schneerosen, seines
Bruders Geschöpfe, seh'n ihn mit weißen
Antlitzen an.

Mit den Augen brennender Sehnsucht
starrt er aufs fahle, schneemüde Feld.
Lichtet die Nacht sich, schlägt seinen weichen
Mantel er auf wie eine Schwinge,
bläst auf drei Halmen zaubrischen Ruf
über die Hügel.

Jubelnd nehmen mit tausend Stimmen
Vögel im Frühdunstschleier ihn auf.
Hähne kräh'n ihn durchs Silber der Ferne
bis an den Glanz des schwindenden Bergschnees.
Durch das Rascheln des Frühwinds im Laube
versunkenen Vorjahrs rieselt der Meisen
silberner Ruf.

März

Dem Winter zwingt's die Schwerter aus der Hand,
die eisig von der Dächer Ränder blinken.
Die weißen Hügel überm jungen Land
verfallen sacht in stetem Niedersinken.

Schon ruft weit über blanke Felder hin,
die glizern noch im Glanze weißer Strähnen,
ein Buchfink hell und fällt noch zaghaft in
das ganze verschlaf'ne Kräh'n von fernen Hähnen.

Ein Rascheln rauscht durchs Unterholz gelind.
Schon trommeln Spechte zärtlich, und inmitten
der schütteren Haine flüstert's in den Wind.
Dort hastet's wie von vielen leisen Schritten.

In einem Glanze, der verloren schien,
erschimmern schon die hellen Gräserspitzen.
Im Garten ist's, als dufte schon Jasmin,
wenn durch die Dämmerung die Sterne blitzen.

Alter März

Ein verwehter Tag ist mir heute im Sinn,
der führt zu lange Vergessenem hin.
Ein später warmer Wintertag,
als schon der Schnee im Tauwind lag
und langsam steigend der Sonne Kraft
ein neues Hoffen im Tal erschafft.
Es sickert, gleitet, tropft vom Dach.
Verfrühter Schmetterling ist wach
und wagt im flüchtigen Sonnenglanz
den eiligen, todgeweihten Tanz.
Das Graugrüne lugt unterm Schnee hervor,
ein fernes Sausen summt im Ohr,
der Wildbach, der durchs Eis sich grub.
Ich bin ein kleiner, kleiner Bub,
auf meiner Wiese hinter dem Haus
und spähe nach dem Frühling aus.
Und wie ich sehnsüchtig um mich sehe,
auf meiner blechernen Pfeife krähe
bei der schneehaubentragenden Gartentür,
da antworten ferne die Hähne mir
voll gleicher Sehnsucht über die Felder
von einsamen Höfen am Rande der Wälder.
Das führt mich zu lange Vergessenem hin,
dieser Tag, lang verweht, ist mir heute im Sinn.

Kindheitserinnerung

Einen Apfel von jenem Gold,
kleines Lied der Quelle,
fern ein Stamm, der talwärts rollt,
schillernde Libelle,
einen solchen Zaubertag,
Amsels Abendklage,
himterm Hause Dengelschlag,
eine alte Sage
wenn der Regen glitzernd fällt,
Düfte von Hollunder:
Gäbe wohl die halbe Welt
für die alten Wunder!

Mai

Die Wälder beben leise von Gesängen,
darin der Sommer schon verheißen ist,
wenn auch der Frühling noch von allen Hängen
mit seinen jungen Liedern weithin grüßt.

Da kommt ein lichter Wolkenstreif geflogen
aus einem sternennahen Silberland,
und zieht am Himmel einen Hoffnungsbogen
und blickt aus blauer Ferne unverwandt.

Ein Vogel jubelt über alle Hügel,
es übertönt den Bach in seinem Lauf.
Das ganze Land entfaltet seine Flügel
und hebt sich hoch ins blaue Licht hinauf.

Noch sind's die süßen, schweren Blütendüfte
die bringt der unruhvolle Wind herbei.
Und doch ist's schon, als bebten rings die Lüfte,
erschauernd, vor des Sommers Jubelschrei.

Sommermorgen

Die Nacht hat ihr glitzerndes Sterngold versprüht,
Ihr königliches Gefunkel.
Die einsamen Grate sind rötlich erglüht,
die Wälder entsteigen dem Dunkel.

Verstummt ist der orgelnde, tiefe Gesang
der Frösche vom anderen Strande.
Es weht der Frühwind. Die Nacht war lang.
Nun raschelt's im Grase, im Sande.

Hell rufen die Hähne den Morgen jetzt aus,
die wachsamen, bunten Trompeter.
Der Bienen Gesumm dringt vom Garten heraus
und klingelndes Meisengezeter.

Abend nach langem Regen

Das Volk der braunen Grillen singt.
Der Wildbach fern vom Berge springt
und rauscht und stürmt durch Tal und Tann.
Ein Vogel schlägt verhalten an.
Im nassen Gras Geglänz des Lichts.
Die grüne Spinne steigt durchs Nichts.
Es summt unendliches Geläut
aus Feldern auf. Ganz leis und weit
hebt an ein dunkler Jubelklang, –
der Amsel später Abendsang,
der in den Dunst des Abends hallt.
Die Stille flüstert durch den Wald.

Der Kuckuck ruft

Der Kuckuck ruft aus dem rieselnden Wald,
den weithin sein spöttisches Locken durchhallt,
über die summenden Felder her, –
da zwitschern die Vögel alle nicht mehr.
Alles lauscht seinem Glockenton,
der voll Wehmut, Verheißung und Hohn
(achtet der Mahnung, die darin erklingt!)
tief in das Rauschen des Hochwalds versinkt.
Das ist ein Vogel, seltsam genug.
Nah und wahr, und dennoch ein Trug.
Einer, der allerlei wissen soll,
überall, nirgends, geheimnisvoll,
nun schon drüben und eben noch hier, –
so, als spräche er höhnend zu dir:
Soll dir die Zahl deiner Jahre verkünden
und kannst doch mich kleinen Vogel nicht finden!

Einsames Haus

So still, so still. Der Regen tropft.
Am Fenster streifen Flügel.
Das ist der Wind, der zaghaft klopft,
es rüttelt sacht am Riegel.
Der müde Wind streicht leis' ums Haus
im halben Abenddunkel,
er löscht dem Tag sein Leuchten aus.
Es stirbt das Lichtgefunkel.
Das Haus schweigt still. Nur manchmal knackt
das Holz, und Türen schlagen,
vom Wind bewegt, in hartem Takt.
Fern rattert hin ein Wagen.
Sonst nur die Uhr, mit dunklem Schlag,
die zählt die vielen Stunden,
bis wieder neu ein junger Tag
die Nacht hat überwunden.

Des alten Baumes Monolog:

Dicht unter steilem Grat, da halt' ich Wacht.
Mich haben Sturm und Winter kahl gemacht,
der Regen hat mich langsam ausgelaugt.
Ein alter Ritter, der schon wenig taugt,
so stehe ich und blicke weit im Kreis
und schüttle dann und wann das Haupt ganz leis',
um das der Bergwind seine Lieder singt,
der mich am Ende schließlich niederzwingt.
Noch halt' ich mich, und schau aufs weite Land,
zum Osterhorn, zum Dachstein hingewandt, –
der grüßt mich schimmernd, hell in seinem Schnee, –
und aus der Tiefe blinzelt mancher See.
Gerupft und schütter, nicht mehr recht gesund,
doch zäh, so klammre ich mich an den Grund.
Ich bin so alt, daß längst mir alles recht.
Im Klettern naht mitunter mir der Specht,
und bringt mir Botschaft aus der großen Welt,
von dem mir dies und das auch wohl gefällt.
Doch dringt's zu mir von weither, ach – so fern
ich hör's gelassen, manches Mal auch gern
mit an, und hat es dann mitunter wenig Sinn,
liegt's wohl daran, daß ich zu alt schon bin.
Der Specht, so glaub' ich, denkt das heimlich auch.
Doch er kommt auch noch dran, nach altem Brauch.
Ich steh' auf hohem, himmelnahem Hang,
ganz still für mich, schon unausdenkbar lang.
Die Sonne grüßt als ersten mich ganz früh,
der Sturm war meines Daseins Melodie.
Der macht mir eines Tages den Garaus
und stürzt mich um. Einmal ist alles aus!

Kleines Regenlied

Der Regen rinnt, der Regen rinnt.
Das Wasser Silberfäden spinnt.
Es rauscht sein gleichförmiges Lied.
Das Menschleins Leben still entflieht.
Die Ahornblätter glänzen naß.
Es tropft ins volle Regenfaß.
Die Stunde rinnt. Der Tag verweht.
Das Jahr entgleitet. Bald ists spät.
Es wächst die Macht der Einsamkeit.
Entfliehend hüpft die schnelle Zeit.
Nur der Rotschwanz hoch vom Dach
flötet unentwegt ihr nach.

Auf hohem Berge

Alte Hügel sind versunken,
Glanz und Flimmer blieb von ihnen
und vom See ein fernes Blinken.
Lärchen grüßen rauh-verwegen.
Schwingend schweben Alpendohlen,
achtlos übem Abgrund segelnd.
Gipfel schimmern weiß aus Wolken,
die am Mittagshimmel gleiten.
Sonne brennt auf kahle Steine,
Wind durchraschelt dürres Berggras.
Tief auf Hängen weiden Kühe.
Durch dies Schweigen bleicher Höhe
dringt ihr heimatliches Läuten,
mit der Wälder tiefem Rufen
und der Bäche hellem Hallen
zwischen Himmel und Gebirge.
Von den weit zerstreuten Höfen
klingt das Krähen ferner Hähne,
aus der fahlen Tiefe klagend,
wie entthronte Königssöhne,
die aus dämmernden Verliesen
längst vergebne Reiche fordern.

Im kleinen Café

In ödem Singsang fällt der Regen
und färbt die blassen Dächer rot.
„Hier regnet's aber allerwegen.
Ein ödes Nest! Das wird mein Tod!"
So murrt der Ober heut' am Fenster
mit grantig-grämlichem Gesicht.
Die Häuser schauen wie Gespenster.
Allmählich stirbt das fahle Licht.
Ein Musiker durchklagt die Neige
des müden Tages am Klavier,
ein zweiter plagt sich mit der Geige,
ein später Gast trinkt mürrisch Bier.
Ein Runzliger hockt in der Ecke.
bläst Pfeifenrauch dumpf vor sich hin.
Er schaut versonnen auf zur Decke
und murmelt – „Wo ich wieder bin!
Ein Königreich für eine Reise
nach Singapur, nach Panama!
Nochmals zu Pferd in alter Weise
hinauf zum Aconcagua.
In diesem Lande friert man immer! –
Was, zwanzig Jahre sind das schon?
Pampas in Dunst und Sterngeflimmer,
das leuchtende Asuncion?
So vieles hab' ich schon vergessen!
Die Zeit, sie lächelt und entflieht!"
Der Regen haspelt unterdessen
sein altes gleiches Riesellied.

Bergmittag

Die Stunden raunen leise, klingen gläsern
und rinnen silbern durch das klare Licht.
Der Wind allein jagt manchmal in den Gräsern,
ein unsichtbares Tier. Mitunter bricht

des Bergsees Silber aus dem Grau der Tiefe
in der die fahlen Dünste kreisend brau'n.
Vereinzelt hecheln Windesstöße übers schiefe
zerbrochne Hochfeld. In der Ferne blau'n

die schroffen Grate, ihre Stirnen grüßen
aus hellem Eis. Der Alpendohle Schrei
kreischt auf und wird vom Winde fortgerissen.
Hoch leuchtet einer Wolke Glanz vorbei.

Im Weiten nur dies unbegrenzte Schweigen.
Auf steinig kahlen Hängen summt die Zeit.
Und wenn des Tales fremde Stimmen steigen,
verliert ihr Klang sich in der Einsamkeit.

An den Sommer

Über der Berge schimmernden Kamm
hebst, du Sommer, dein Haupt,
mähnenleuchtend, von goldenen Ernten umwunden.
Mit dem gewaltigen Licht deiner Augen,
das die Wiesen und Hänge verbrennt,
stehts du hoch über allem, ewig im Leuchten
flammender Sonnen im Tag,
und im Feuer und Glanz der Gestirne
in der liebestrunkenen Nacht,
die die Geschöpfe durchtaumeln,
glimmend und summend. Ferne erdröhnt noch dein hohes Gefolge
hin über Eisfeld und Karst.
Aber du rührst dich nicht. Nur deines Starrens
Strahl sengt das durstende Land. Schwer hängt das Laub.
Wasser verrieselt, und auch das Gras liegt matt,
wo im Schatten am Waldrand Liebende niedergesunken waren.

Heiß wühlt dein Atem im Korn,
Kriegsgetöse verklingt, und Sehnsucht und Leiden der Menschen
sinkt mit der Mächtigen Ruhm und Lied in Vergessenheit hin,
schwindet, verstummt, wie Gesang der Grillen im Mittag,
wenn dein Heuduft heiß übers Feld herblüht,
wie vor dem glühenden Glanz deines Blicks
alles Vergangne und Kommende schweigen
muß und leise verschmachtet vor deinem goldnen Triumph,
der, unendlich, die Welt und den Himmel erfüllt.

Loki

Rastlos bin ich,
weltumwandernd,
ewig und zeitlos,
uralt und jung.
Meine Herkunft
liegt mir im Dämmer,
und mein Ende
flieht wie der Wind.
Es raunt in Gräsern,
weht durch Haine,
hallt in Felsen
von meinem Schritt.
Ich fließe im Wasser,
züngle im Feuer,
rausche in Stürmen
über die Welt.
Zahllosen Körpern
lieh ich schon Leben,
zaubert' aus Wüsten
goldene Städte,
mir sind Jahrzehnte
rieselnder Sand.
Oft war ich niemand,
manchmal ein Mächtiger,
dann wieder viele,
tausend, ein Heer.
Einen schimmernden
feurigen Mantel
warf ich um mich
da folgten mir Völker
fuhr als Gewitter
hin übers Land.

Bin stets schweifend,
fluchbeladen,
zitterndem Luftspiel
gleicht stets mein Ziel.
Bin ich ihm nahe,
ist es entwichen,
schwindet im Fernsten,
ich stehe leer.
Darum bin ich
weltumwandernd,
ewig und zeitlos
uralt und jung.
Bin wie das Irrlicht,
das Abenteuer,
lauernd und lockend,
und immer zerstörend,
selbst unzerstörbar
dreh' ich im dröhnenden
Rollen der Zeiten,
knisterndes Funkeln,
züngelnd mich mit.

Wie doch der Brunnen murmelt

Wie doch der Brunnen murmelt,
der immer gemurmelt hat!
Wie seit jeher auf alten Hängen
duftet die junge Mahd!
Und abends ein Hundebellen
von einsamem Hofe klingt,
und auf den Steinbruchwiesen
der Chor der Grillen singt.
Dem abendlichen Garten
der Tabakrauch entsteigt
beim Schwatz der alten Männer.
Wie die Zikade geigt!
Wie doch der Brunnen murmelt,
der immer gemurmelt hat,
wie seit jeher auf alten Hängen
duftet die junge Mahd!

Juli

Die Erde ist staubig und heiß.
Das Laubwerk rührt rasselnd sich rauh.
Die Felsen, ganz beinern und weiß,
zerreißen im Hohen das Blau.
Nur selten haucht zögernd der Wind
und rührt an den ächzenden Hag.
Die Blüten und Waldblumen sind
verschlossen dem sengenden Tag.
Die Spitzen von Schachtelhalmen
zerflimmern in zitternder Luft.
Von hochgelegenen Almen,
aus Ferne und Firngeglänz, ruft
der Kuhglocken altes Getön.
Stumm hocken die Finken im Laub.
Der Habicht aus seidenen Höh'n
späht kreisend und gleitend nach Raub.
Die Wiesen erbeben. Es summt
das Bienenvolk kaum noch am Saum
des Hains. Auch der Bach ist verstummt.
Zikaden nur schrillen vom Baum.

Erinnerung

Ob wohl aus Nachbars Rauchfang
abends der Rauch noch steigt?
Ob noch am Sandgrubenabhang
schimmernd das Gras sich neigt?

Westwärts die Fichten stehen
im dämmrigen Abendlicht?
Noch in der Mondnacht Wehen
der Wind mit dem Röhricht spricht?

Pfeifen des Zügleins vom Kogel
über den See her hallt?
Ruft noch der Regenvogel
warnend und schrill aus dem Wald?

Geht noch des Sommerwinds Wehen
sirrend die Hänge hinauf?
Bleibt wohl die Zeit sogar stehen,
zögernd, im rastlosen Lauf!

Ein trüber Tag, ein Regentag

Ein trüber Tag, ein Regentag,
von ferne her der Dengelschlag
vergeht in Dunst und Stille.
Das kleine Lied der Grille,
des Spechtes Glockenruf vom Wald,
der Meisen Läuten ist verhallt.
Allein des Buchfinks Regenschrei
zieht klein und bang am Haus vorbei.
Das Tal liegt regenschimmernd, schweigt,
von Traum erfüllt. Gewölke neigt
sich nieder tief vom Bergeshang.
Der Wind hat einen sanften Klang,
er hastet nicht, er schmiegt sich an
und weht Vergangnes sacht heran,
weit über Hang und Hügel.
Die goldbeschwerten Flügel
läßt leise heute sinken
der Sommer, von dem Blinken
und Leuchten hoher Tage matt,
bis er sich neu gefunden hat.
Derweilen ruht in Schweigsamkeit
das Tal und glänzt. Es raunt die Zeit.

Aufbrechender Wind

Es bläst der Wind auf seinem Horn
ganz leis im Walde drinnen,
wo unter Farn und Brombeerdorn
verborgne Wasser rinnen,

das klingt weit über Hügel her,
die schon verdämmernd liegen,
darüber, fahl und regenschwer,
die Wolken niedrig fliegen.

Dann bläst er stärker in sein Horn,
er reißt an allen Zweigen,
er beugt die Pappeln jäh im Zorn,
die tief die Häupter neigen.

In Wirbeln steigt der Straßenstaub,
in dem die Blätter tanzen.
Es fliegt das Heu, das Ahornlaub
hoch über Röhrichtlanzen.

Und dann zerprengt sein Horn der Wind.
Im Walde wühlt sein Hallen
bis droben, wo die Felsen sind.
Die Regenschleier fallen.

Später August

Der Tag wird kürzer. Der Wind weht leicht.
Die Würger gehen auf Reisen.
Die Hähne kräh'n , und der Sommer weicht.
Im Schilf tönen dunklere Weisen.

Der Sommer weicht, und die Hähne kräh'n
über erbleichenden Feldern.
Bald bricht des Herbstes bedrängendes Wehn
aus den vereinsamten Wäldern.

Die Wolken ziehen so ferneleicht,
ziellos, ruhlos und immer.
Der Wald vergilbt und das Gras erbleicht
zu flüchtigem Seidenschimmer.

Der Wind summt dem Sommer sein Abschiedslied
auf schon verdunkelten Saiten.
Das Jahr verweht und der Sommer flieht.
Noch leuchtet sein Flügelbreiten!

Sommers Abschied

Der ihm gab die goldenen Flügel
zieht ihn nun von unserem Hügel.
Einsam trauern all die Seinen.
Alle werden ihn beweinen.
Eisvogel vom Weidenbach
fliegt gewiß ein Stück ihm nach.
Traurig bleiben alle andern.
Wie die feinen Fäden wandern!
Nur die eine laute Grille
musiziert noch in der Stille,
emsig, um nicht zu verfehlen
ihm noch manches zu erzählen
aus dem grünen Lebenslauf. –
Doch – sie hält ihn auch nicht auf!

Mahnung

Über der Erde
zittert des Sommers Gold,
leuchten die Blumen aus Duft und Glut,
von den Faltern umschwirrt,
auf deren Flügeln die Pracht aller Regenbogen glänzt.

Flammend, mit fernem Gedröhn,
brennt ihre Bahn die Sonne durchs Blau.
Wolken segeln am Rand des Gebirges.
Aus dem schimmernden Laub
schmettern die Finken den Ruf
in der Amsel dunkele Melodien,
und im schillernden Röhricht
jubelt der Schilfrohrsänger.

In den Bäumen reift ruhig die Frucht.
Aller Häupter und Sinne sind schwer
von dem glühenden Hauch, und
sinken leise herab.

Aber seid wachsam!
Tief im Walde verborgen
reift das Verhängnis.
In den Schroffen der Felsen
nistet schon eisiger Hauch.
Ferne, im Ungewissen,
schärft schon ein tödlicher
Sturm die Fänge aus Erz.
Still wühlt in Früchten der Wurm.
Rötlich verwelkt schon ein Blatt
hoch auf der Buche wehendem Turm!

Falter und Vögel
taumeln noch hin und achten es nicht,
daß der Kuckuck schon längst im
Holze geschwiegen.

Ehe der Mond sich
zweimal wieder vollendet
schwindet das Heitere rings,
Wiesen und Gärten vergehn, –
und mit sausenden Sensen
schlägt der Herbst ins erbleichende Land.

II. Teil: Sommer ist ein Märchen

Herbstlicher Kiefernwald

Im Unendlichen
sinkt der Sonne goldener Ball,
und im Walde
schlagen die Baumstammschatten
in des Tages verglühenden Glanz.
Hoch in den Kiefernkronen
wispern die Meisen im Tanz.
Die Birke leuchtet von fern,
weißes Geheimnis zwischen rauheren Rinden.
Des Grases hoch wogendes Haar,
wiegt sich gelblich im Wind.
Ein Vogelschwarm
rauscht hoch in der Luft,
eine Wolke flimmernder Flügel.
Aus versunkener Waldestiefe
rufen Gänse heiser und schrill,
als wären es fernab Verzauberte,
von einem Troll im dämmernden Dickicht gefangen,
wie sie verhallend zur sinkenden Sonne klagen.

Ist das der Wasserfall?

Ist das der Wasserfall?
Nein, nein, der Wind im Tal.
Es weint mit leisem fernem Hall
im Herbst der Wind im Tal.
Er weint, daß weithin es verhallt,
fortklingend durch den bunten Wald.
Was weint er denn, der Wind?
Weil Rosen und Vergißmeinnicht
und auch der Nelken rotes Licht
verglüht, verglommen sind.
Nun wird es einsam rings im Rund,
verlassen, grau und fahl.
Das ists, warum mit wehem Hall
nun weint der Wind im Tal.

Herbst

Schlich schon das Gold
lange ins Baumlaub,
Fahlheit ins satte
Leuchten der Felder
und in die Vögel
suchende Unruh,
dann schleicht auch bald
leis' in die Herzen
langsam ein Fremdes.

Die Waldnymphe

Sommer war's,
da lag ich im Korn,
seine goldenen Köpfe
nickten hoch über mir,
die hohen Halme
sirrten im Wind,
eine Wolkenfeder
schwand hoch im Blau.
Da rief sie im Walde ganz fern.
Seither folg ich dem Ruf.
Jetzt ist es spät,
der Wald welkt,
die Würger fliehen.
Nirgends fand ich sie.
Ruhlos muß ich streifen,
durch reißende Dornen
und schlagende Büsche
im Regen des Laubes,
auf hohen Hängen,
wo Dämpfe rauchen,
auf steinigen Felsen . . .
und finde sie nicht.
König Nebel hat sie entführt.

September

Die Sonne flieht, die Nebel zieh'n und schleichen
am fahlen Hang, der feucht herüberblinkt
Dahinter schleiert Regen hin im bleichen
Geglänz der Ferne, und der Dämmer sinkt.

In Felsenklüften sammelt sich der Schatten
und breitet sich wie dunkles Wasser aus
und überschwemmt den Wald, die grünen Matten,
mit einer weiten Woge trüben Grau's.

Der Nebel wandert durch die Uferhecken,
läßt einen Baum aus weißem Nichts erblüh'n
und Krähenscharen lautlos, wie im Schrecken
entfliehend, nach dem Tannendickicht zieh'n.

Die Erde sammelt einwärts schon die Kräfte
und wirft in all das auslöschende Grün
in letztem Aufwand ihre späten Säfte,
und schweigt, und übersinnt vergangnes Blüh'n.

Nachts fremde Stimmen. Katzen schrein'n im Garten
wo nun ein neuer Wind im Laube zerrt,
der hastend raschelt und mit einem harten
Andringen durch ein offnes Fenster fährt.

Es seufzt und klingt im frühen Abenddunkel.
Es macht des Sommers Herzen dunkelschwer.
Es trägt der späten kalten Sterne Funkeln
und ungewisser Fernen Anhauch her.

Heimweh

Wie werden uns denn
die Schleier der Wolken schimmern,
und jene, die blendend gewölbt
den Himmel uns ferne machen,
wenn wieder es Winter wird?

Denn oft ist's schon fahl
im Schatten der fremden Häuser
auf Wiesen mit mehligem Reif.
Als seien sie leise gealtert
so liegen sie schimmernd und still.

Schon zaust ja der Wind
heftig und fahrig den Rauch
über rötlichen Dächern.

Was wird dann sein,
wenn der Schnee erst fällt,
in wolligen Flocken,
und wenn auf den Feldern
die Stille summt, –
und wir alle kehren
noch immer nicht heim!

Es zieh'n doch die wegmüden
Rösser die Wagen
in mahlendem Stampfen
noch immer auf Wegen,
die heimwärts nicht führen!

Wenn uns der Atem dann wieder
weiß vor dem Munde schwebt,
wenn die leisen Wolken
am enttäuschenden Himmel
aufs neue den Frühling verkünden!

Wenn all unsre Hoffnung
mit den unhörbaren Schritten
wieder im Schnee dann versinkt!

Nur die einsamen Krähen
über verlassenen Feldern
knarren dann fern im Gehölz.

Die Toten

Tief mag die Sehnsucht dringen,
zu keiner Zeit sie kann
der Dunkelheit entringen
was ihr gehöret an.
Dies Reich ist unsre Ferne,
darin verhallt der Sterne
Gedröhn auf goldner Bahn.
Sie liegen tief in Gründen,
die niemand suchen mag.
Der süße Duft der Linden
ein Lied, ein Frühlingstag,
Gesang von Nachtigallen,
der Bäche helles Hallen,
in ihnen tönt es nach.
Dort raunt es von dem Werden
und von Vergangenheit,
vom Kreisen aller Erden
im Raume und der Zeit.
Sie lächeln unter Erzen –
es beben ihre Herzen
im Traum der Ewigkeit.

Oktober

Fahl und glanzlos sinken Hänge,
rötlich frierend steht der Wald.
Wiesensummen, Waldgesänge
sind versunken und verhallt.
Auf dem Feldweg hecheln Winde,
träge tanzend dreht sich Staub.
Leise flüsternd tönt gelinde
taumelnd, niederschwebend Laub.
Glockenruf von hohen Almen
läutet nun vom tiefen Hang.
Zwischen abgeblühten Halmen
summt noch später Bienensang.
Krähen steigen auf vom wirren
Waldesrand. An Zweig und Strauch
rührt der Wind mit altem Klirren.
Über Äckern schleiert Rauch.
Wolken wieder Sehnsucht tragen
fernhin über Grat und Glanz.
In den späten Nachmittagen
wirbelt letzter Mückentanz.
Über blütenlose Matten
fernher röhrt der Bäche Hall.
Schräge drohend greift der Schatten
des Gebirges hart ins Tal.
Kahl und sprachlos starren Bäume.
Glitzernd rauht der Wind den See.
Sommers fernverwehte Träume
deckt auf hohem Hang schon Schnee.

Herbstlied

Einstmals war Sommer,
die Wiesen klangen
von hellem Geläute,
sinnende Lieder
rauschte das Korn.
Aus weiter Ferne
lachten wie Silber
Mägde von Höfen.
Tief im hohen
jauchzenden Blau
flammte die Sonne,
spannte das Netz
schimmernder Seide
über die Welt.

Jetzt ist das Welken
weithin im Land.
Auf den Feldern
glänzen die Rüben,
da rinnt der Regen
leise und trostlos.
Und fahles Wasser
steht auf den Wiesen,
glänzend und schweigsam.
In den Ställen
murmelt das Vieh
und träumt noch vom Sommer.

Schwärme von Krähen
steigen von Äckern,
von denen die goldenen
Wogen vergingen.
Und nur der Wind
in all dem Dürren
hastet verloren
und scheu durchs Geäst
und pfeift einsam
und heulend durchs Zaunwerk.
Fern höhnt ein Häher
her aus dem Wald.

Allerheiligen

Denen, die waren, und mehr und mehr uns entgleiten,
leuchtet vielleicht ein versöhnendes Licht,
das wir seit jeher geahnt, und das wir dennoch im Weiten
nirgends gefunden. An seiner Ferne zerbricht

oft unsre Sehnsucht, die müde und mürbe geworden.
Doch wenn die Bergwälder welken und rötlich vergehn
sind *sie* im Tannengehölz, in den Schatten im Norden,
in des Buchenlaubs Rieseln, im Abendwehn,

und sie blicken herab über dämmernde Wiesenhänge
die schon im Nebel der Ferne entfremdet sind.
Seine verlorenen, ruhlosen Abschiedsgesänge
murmelt im fröstelnden Röhricht der einsame Wind.

Uns aber führt längst der Weg, der niemals geahnte,
wirr und einsam und fremd aneinander vorbei.
Und nichts vollendet sich je. Nur das Angebahnte
kann für uns zeugen. Nur die Hoffnung ist frei.

Allzulang braucht es doch nur, uns selbst zu entrinnen,
und so verrieselt die kleine, vergängliche Zeit.
Ehe wir auch nur die Ahnung des Auftrags gewinnen,
sinkt schon fast alles in Unerfüllbarkeit.

Es dröhnt und donnert ringsumher

Es dröhnt und donnert ringsumher
und blitzt durchs Dunkel unheilschwer.
Im ungeheuren Raume schalten
die furchtbar rasenden Gewalten.
Aus weltentrückter Ferne nur
rauscht ewig gleich die Himmelsuhr.
Fast übertönt Gedröhn und Drang
der Zeit des Gottes leisen Gang.

Frühwinter

Irgendwo im weiten Raum
kommt ein fremder Wind geflogen.
Mit dem unsichtbaren Bogen
fährt dann einer wie im Traum

über unbekannte Saiten,
daß es in der Ferne hallt.
Da erbleicht der bunte Wald
und es schimmern weiß die Weiten.

Wie die Zeit im Schnee versinkt!
Nur ganz langsam rückt der Zeiger.
Alles still. Allein der Geiger
spielt sein Lied, das leis verklingt.

Wintersturm über dem Bergsee

Die Schatten wachsen drohend überm harten
Gebirgsgeklüft. Als ob ein Licht zur Nacht
ein Riese ferne zündete im Garten
sind Brand und Glut im Gletscherfeld entfacht.

Es brandet her von weit ein helles Hallen
und schwillt und wird gewaltig wie der Klang
entfernter, ungeheuerer Kaskaden Fallen,
gestauten Wassers stürzender Gesang,

und rast heran: auf grellem Kamm der Wellen,
auf Nebelfetzen, pfeifend, heulend schrill –
der Ritt des Sturms. Durchs Auf- und Niederschwellen
des Wassers röhrt sein jauchzendes Gebrüll.

Der Regen fliegt in sieben Silberwänden.
Das Licht der Wogenkronen leuchtet fahl.
Dann reißt die Nacht mit fahrig harten Händen
die Dunkelheit in das verworrne Tal.

Winterregen

Es regnet, regnet. Wolken, Himmel sinken,
sie decken schon die halben Berge ein.
Und wälzen sich herab. Ein mattes Blinken
geht durchs Gewölk, ein letzter später Schein.

Vor allen Fernen hängen dichte Schleier
von trübem Nebel, der das Tal durchstreift
und webend, zaubernd, über Wiesenweiher
gespensternd, nach den dürren Bäumen greift.

Der Regen fällt mit dunkelnden Gesängen
und tropft mit leisem Klingeln in den See
und wäscht beharrlich von den bleichen Hängen
den eingeduckten, angegrauten Schnee.

Noch tiefer senken sich die Wolkenballen.
Von weither nur ein heisrer Hund, der bellt.
Der Himmel ist nun ganz herabgefallen
und überm Hügel endet schon die Welt.

Bergwinter

Blüten sind versunken
unter tiefem Schnee.
Nirgends läuten Unken
irgendwo am See.
Über allen Zäunen
stäubt der weiße Tau.
Hinter Stall und Scheunen
sind die Schatten blau.
Garten liegt dahinter
still und weißverweht,
wo bei Nacht der Winter
alt und murmelnd geht.
Ferneher ein Knacken
übers Gleißen hallt,
wie von leisem Hacken
tief im dürren Wald.
Sommer ist ein Märchen,
liegt zurück so weit.
Bei den Wetterlärchen
ist er eingeschneit.

Unser Leben ist immer ein Fragen

Unser Leben ist immer ein Fragen
nach dem Weg und dem Ziel und dem Sinn
und ein Licht auch, hinüberzutragen
an das andere Ufer hin.
In jenen durchwachten Nächten
fallen Schneeflocken ganz gelind.
Und das Dunkle steigt aus den Schächten.
Doch im Gartengebüsch weint ein Kind.
Das Kind, das selber wir waren,
bevor uns das Leben zerbrach.
Von Geschichten aus uralten Jahren
geht ein Flüstern unter dem Dach.
Schnee deckt die geduckten Hänge
im schwirrenden Winterlicht.
Und es wehen verklungne Gesänge
übern See, wenn das Treibeis bricht.
So gib dich nun endlich zufrieden
und hab einen freundlichen Traum,
was immer auch sei dir beschieden,
und wieg dich im Lebensbaum!

III. Teil: Wir leben zeitlos...

Olympische Hymne

Aus dem Elend der Städte,
dem Morast des Amüsements,
aus der Gosse abstruser Zelluloidträume
wachsen schlanke, trainierte Leiber,
kraftvoll und gesund inmitten der Fäulnis,
unermüdliche Lungen, unbesiegbare Herzen.
Aus dem verendenden Bauerntum
quellen noch immer trotzige Kraftkeime,
fließen starke Ströme dem Lebensmeere zu.
Zwar schamlos gerodete Wälder,
aller Urschöpfungs-Geheimnisse beraubt.
Doch in letzten Dickichten
schreckt und lockt noch die Zauberflöte
des uralten Gottes P a n .
Am entheiligten Himmel
Gedröhn und Donner von Düsenmotoren.
Doch uralte Adler
horsten rotgefiedert
mit diamantenen Fängen
in unzugänglichen Klüften, –
bewachend Ewig-Geheimnisvolles.
Nichts vermag nämlich
letzten Glanz von den Schultern
all der jungen Sieger zu tilgen.
Wie seit eh und je:
auf all den Kampfbahnen
ödes Gesindel, Ausbeuter und Pack.
Darunter aber, dazwischen,
eine stille Verbindung von Edlem,
Orden und Geheimzunft
mit strengen Zeichen und Regeln.

Adel – älter als Alles!
Als Hellas, Rom, die Hethiter,
Etrusker und Babylon!
Denn immer schon wurde
gejagt, gerungen, gesprungen,
wurden Bogen gespannt,
Schwert und Streitaxt geschwungen,
wurde geritten, über Meere gesegelt,
entgegen ungewissem Geschick.
Zeugnis hiervon schon in Höhlen
der Menschen dämmernder Frühzeit.
Dann trieb es sie
in die sandige Rennbahn Olympias
vor die goldne Statue des Zeus
zum Stadionlauf
und zu anderen uralten Spielen.
Und andere auf zottigen Pferden
über Ural und Kaukasus.
Trieb Erik den Roten und Kolumbus westwärts,
und Vasco da Gama ums Kap.
Trieb Byron, den Hellespont zu durchschwimmen,
und Lindbergh über den Ozean.
Trieb sie hinunter in Meeresnacht
und hinauf in das Gleißen
des Eisfelds vom Nanga Parbat!
Aufbruch geht quer und mächtig
durch Länder, Völker und Menschen.
Unter dem Moder und Schutt
einer vergehenden Welt
keimt das Kommende.
Wesen des Menschen
steht auf gegen selbstbeschwornes Verderben.
Titanischer Trotz
entreißt die Welt dem Komfortuntergang.

Nachhall von altem Heldenlied,
Abglanz ferngöttlichen Ursprungs,
irrlichtern doch auch noch
über zerwühlten Fußballfedern,
die eine entwertete Masse umjohlt,
und es glitzert ein wenig davon
unter Tiefstrahlerlicht
bei den Kämpfen der Catcher . . .
Die weißen Fahnen
mit den fünf Ringen
sind längst schon entweiht,
wenn sie , weither geflogen,
aufgezogen werden an metallenen Masten
vor dem Jubel der Tausende.
Und doch sind die Spiele
unvergänglich und unverwerfbar im K e r n –
Mahnmal und Bekenntnis des Menschen –
in der späten Stunde seines dämmernden Abends –
des Menschen, der eher stirbt,
als daß er sich dem Verhängnis
widerstandslos unterwirft.

Dem Läufer Harbig
(gefallen im Kriege)

Aus dem Volke
stiegst du empor,
aus dem Schatten
unklarer Vielheit
in das Licht
der Auserwählten.
Deiner Schritte
fliegendem Klingen
lauschten sie alle
rund um die Erde.
Im Sturme der Zeit
stürztest auch du
unter die dunkele
Schneide des Engels.
Ach – wo glänzet
nun deines Laufes
schimmernde Spur?
In dem Ziele
der ewigen Wandrung
all der Millionen
blendet dein heller
pfeilgleicher Flug,
auf goldener Kampfbahn
anderer Sonnen
braust der Ruf dir
Vorausgegangner
zu denen in Heeren
die Neuen strömen. –
Über die Rennbahn
neigt sich der Götter
leuchtender Glanz.

Der Läufer im Watt

Sein Reich ist das Unbegrenzte
vor leuchtendem Horizont.
Ineinander fließen
Bläue in Bläue
Himmel und Meer
am ahnbaren Saume der Welt.
Der mittäglichen Sonne Gewalt
überstrahlend die Schöpfung –
ihrer Spiegelung Tanz
im seichten lauen Gewässer
des grauen feinwelligen Watts.
Ins Ungemessene
zieht hin seine Bahn
in selbstgewählter Einsamkeit –
gleichwohl schicksalhaft vorbestimmt.
Vor der Front der Stürme!
Doch vom Rücken her
bedroht ihn Verhängnis.
Sein besessener Lauf
über Rinnsal und Muschelbank,
Tang und Algenstränge,
grüne Büschel von Meeresgewächs.
Jeden Schritt entringt er
dem Niemandsland der Elemente,
knisternd von Fäulnis und Zeugung.
Hart hämmernd oder mühelos fliegend,
schwerelos auch zieht sein langer Lauf
ferneweh ins Unermessliche,
sich zu verlieren im All,
ein Jäger zugleich und Gejagter.
Hoch vor der Wolkendrift
herrlich der Möven Flugbild und Schrei –

hinsegelnd fern im Azur.
Geheimverwandte Gefährten
sind ihm Vögel, Fische und kleines Getier, –
Muscheln, gestrandete Quallen und Krebse
säumen seine flüchtige Bahn.
Seinen sonnentrunkenen Lauf
umweht und umsingt der Seewind,
kündend von zaubrischen Küsten
den Schweiß ihm trocknend
von der bronzenen Haut.
Sein hingegebenes Rennen
über des Wattes endlose Weite
ist Überwindung, Lebensrausch auch,
Anbetung, Opferbereitschaft,
stammend aus Angst und Todesmut,
zugleich Auflehnung und Ergebung.
Dargebracht alles im Angesicht
steigender oder sinkender Flut.
Meeresgewässer – kommend und gehend,
unaufhörlich, – salziges Blut dieser Welt,
dem einst das Werdende entstieg.
Der Lauf – der Gottheit des Lebens geweiht,
im Glanz wie im Dunkelen waltend.
Priele durchwatet er,
Tiefen durchschwimmt er,
nackt, wie geboren aus Mutterleib,
amphibisch die Elemente vermischend.
Ein Geschick zeichnet seine Fährte ins Watt
und atemlos wirft er sich
dem Schutz und der Gefahr der Gezeiten entgegen.
Das Watt – weder Land noch Meer
und doch beides in ewigem Wechsel,
Sinnbild menschlichen Lebens

zwischen den Reichen der Herrschaft
unbegrenzter Natur.
Ansaugt ihn die Lockung der Ferne
mit allem Leid, allem Glück,
aller Schuld und Verheißung.
Allein aus der Höhe über ihm
der Möve begleitender Schrei
gewährt Richtung, Freiheit und Trost.

Lied der Landsknechte

Irgendwo brennt auch für uns ein Licht.
Irren wir auch wie die Wanderratten
durch die Welt, und liegt der Menschheit Schatten
schwer auf uns. Wir bringen Blut und Nöte,
Haß und Hunger, Tod, der Brände Abendröte,
folgen stets getreu und stets betrogen
den Verführern, deren Sterne logen,
durch Jahrhunderte und durch die Länder
wechselnd Fahnen, Waffen und Gewänder.
Sind das Heer der Jäger und Bedrohten,
die Armee aus Lebenden und Toten,
die nach allen hohen Kronen greift,
ihre Unrast durchs Jahrtausend schleift,
ihre Sehnsucht durch den Staub der Straßen,
jenen nach, die immer uns verlassen
wenn es galt, uns, die vom Glück Verschmähten,
Heimatlosen, durch die Welt Verwehten,
mit dem Trotz, den uns kein Tod zerbricht:
Irgendwo brennt auch für uns ein Licht!
Zünden mit den mordgewohnten Händen
grelle Flammen allen Zeitenwenden,
heißer Sturm, der Stadt und Land versengt,
Pulver, das die alten Festen sprengt,
sind das unbesiegte ewige Feuer,
lauernd, schwelend, züngelnd, ungeheuer,
treu verschworen nur dem Abenteuer –
irgendwo brennt auch für uns ein Licht
in der Ferne. Doch es wärmt uns nicht.

Verwundete und Versprengte

Sie sammeln sich
in grauen Haufen
wie viele Eulen
dicht an der Straße,
während die Nacht
auf die Wüste sinkt,
und der späte Wind
mit dem Sande spielt,
und stehen schweigend,
mit Bündeln und Kisten,
in ihren zerfetzten
Uniformen.

Manche haben
sich niedergelegt.
Andere bewegen
in langsamer Vorsicht
in Feldverbände
gewickelte Glieder.
Einige stelzen
mit zerschmettertem Bein
wie fluglahme Vögel
mühsam daher.

Die Kopfverletzten
stehen ganz bleich,
mit blutigem Turban,
und wie Skelette,
blutlos und dürr,
schwanken und taumeln
in müder Schwäche
von der Ruhr Befallne.

Alle warten
und wollen weiter,
weiter nach Westen
auf flüchtender Irrfahrt
der ratternden Wagen.
Nur vereinzelt
weht eine Frage
durch eine Gruppe,
nach einem erbittert
umkämpften Hügel.
Dann wieder Schweigen.
Und lange Gedanken
an Tannenwälder
in denen vom Kirchturm
am Abend die Uhr schlägt –
ferne – in Deutschland!

Im halben Dunkel
in staubüberkrusteten
hagren Gesichtern
brennen die Augen
in fiebrischer Glut.

Feldzug in Nordafrika

Nein, und trotz allem:
Der siedenden Hitze,
dem Durst, dem Fahren
im wehenden Sande
der sengenden Wüste,
dem Blenden des grellen
masslosen Lichtes,
dem Schweiß und dem Fluchen
und einsamen Warten
an endloser Straße
und allem andern,
war jene Fahrt
durch das weite Ägypten
über die Höhen
der Cyrenaica
bis zu den wehenden
Palmenhainen
hinter der Syrte
ewiger Bläue
alle Gefahren
und Mühen wert.

Dem langsamen Weichen
der Divisionen
des deutschen Marschalls
unter dem Hämmern
der feindlichen Panzer
folgte ich westwärts,
vorbei an den weißen
silbernen Hügeln
am hellblauen Meere
von Marsa Matruk,

an den Ruinen
von Sidi Barani,
über die glühende
Serpentine
zwischen dem niedern
und oberen Sollum,
durch das lange
umkämpfte Tobruk,
das grüne Derna,
und durch Bengasi,
im goldenen Bogen
rund um die Syrte
bis zu Tripolis'
Moscheen und Kirchen
und schimmernden Straßen
im furchtbaren Licht,
in heißen Tagen
und frostigen Nächten,
unter den Sternen
des großen Wagens,
als es im Sande
und zwischen den Halmen,
als sängen die Toten,
im Winde klang,
dicht bei den einsamen
schnell verwehten
Kreuzen am Rande
der Straße der Kämpfe,
wo sie liegen
im wandernden Sand.

Und trotz allem, –
dem stockenden Fahren
auf dampfender Straße,
dem fernen Erdröhnen
der Rückzugsgefechte,
den Leichen am Wege,
den brüllenden Nächten,
wenn britische Bomben
in berghohe Flammen
brennenden Öles
unter dem Blitz
und Hall der Kanonen
donnernd stürzten,
trotz dem allen
u n d s e i n e t w e g e n
war jene Fahrt
im Glühen der Sonne,
die verbrennend
den Himmel durchquerte
alle Gefahren
und Mühen wert.

Afrikanische Wache

Der zögernde Zeiger rückt von der Acht
und es schleicht die Minute, die Stunde
und draußen die afrikanische Nacht,
die Nacht der bellenden Hunde.
Es dreht sich das riesige, kreischende Rad,
bald ist man unten, bald oben.
Du hebst dich, wie es den Anschein hat,
und wirst doch in Wahrheit gehoben.
Als blinder Riese taumelt umher
der Zufall, schenkt Hilfe und Tücke.
Dem einen bricht morgen den Lorbeer er,
dem anderen das Genicke.
Und strahlend geht morgen die Sonne auf
überm Meer. Und in rastloser Reise
folgt die Erde dem vorgezeichneten Lauf –
und dreht sich doch immer im Kreise.

Rückschau

Ist dies das Ende
und Schwanengesang?
Überwachsende Wände,
labyrinthischer Gang.
Was mir gehörte
hab ich vertan,
das Unerhörte
lag neben der Bahn.
Was ich erstrebte
verfälschte Betrug,
den ich überlebte.
Nun bin ich klug.
Bin nun geheilt
und dennoch verloren.
Mein Land war verteilt
noch eh ich geboren.
Gesenkte Zeichen,
der Sturm ging vorbei.
Aus ewigen Reichen
kein Hahnenschrei.
Mein Rennen gelaufen,
das Segel zerfetzt.
Überflutete Traufen.
Endpunkt gesetzt.
Gekrächze der Geier,
der Nachtnebel braut.
Über Hexengeleier
der Morgen graut.
Übers einsame Feld
irrt mein eintönig Lied.
Die verheißene Welt
fast zu Asche verglüht.

Durchs verlassene Land
tönt die ewige Uhr
summen Fährten im Sand
der Erinnerung nur.
Wie es wurde und war,
blühte, welkte dahin,
übern Tag, übers Jahr –
wohl ein Bild, doch kaum Sinn.
Durch den endlosen Raum
noch ein Flügelschlag schwebt –
ein erleuchteter Traum
aus dem Dunkel sich hebt?
Nur der Uralte spricht,
den ich ahnend verstand.
Und der Uhrzeiger bricht,
und es flammt an der Wand.

Notturno

Auf den Mut zu dem eignen Geschick,
ob zum Steigen, zum Sinken geneigt,
vor dem unermesslichen Blick,
nur geahnten, dem alles sich zeigt!
Rinnt das Leben doch scheinbar nur wirr
wie ein Bach, der sein Rinnsal verließ.
Doch der Tag rührt sich rauh im Geschirr,
jener Tag, der so viel einst verhieß!
Die erkaltenden Herde sind leer.
Und das Spiel geht, das keiner durchschaut.
Die Verschuldung wiegt namenlos schwer
eh der Morgen heraufdämmernd graut.
Lag der allesumfassende Sinn
nur im kleinen vergänglichen Sein –
dann war Abschied ein jeder Beginn,
keiner Saat kam die Ernte herein!
Wo erleuchtet die göttliche Spur
unsre alles bedeckende Nacht?
War das nie zu Begreifende nur
als ein Spuk von Atomen gedacht?
Oh du alles durchdringende Bahn
des Gedankens, – verfehlst doch den Kern!
Nur das Göttliche löst sich vom Wahn,
nur das Wunder ist nah uns und fern.

Bekenntnis

Und ginge es bis ans Morgenrot
und wären wir tot, und sieben Mal tot –
vergessen wie geschmolzener Schnee,
verweht wie Treibholz im Frühjahrssee,
und wären auch ferne wir, irgendwo
an ungeahntem Orte, so
ganz heimatlos für endlose Zeit,
und spräche in aller Unendlichkeit
unsere Namen keiner mehr aus,
verfielen die Gärten, die Felder, das Haus –

wir gehen für immer, wo wir gegangen,
wir bleiben in allem, das angefangen,
im Seltenen, das wir vollendet haben,
im dunkelen Unkengeläute im Graben.
Wir leben im Pfahl, den wir eingeschlagen,
im Brennholz, das wir ins Haus getragen,
in der ewigen Ernte am Hügelhang
und am Abend im rufenden Glockenklang.
Wir sind im Regen, der fällt und fällt,
im Schneegeleucht, das die Nacht erhellt,
im Röhricht, das sich dem Herbstwind neigt,
im Nebel, der fahl aus den Bächen steigt,
im Zitherspiel hinter Feuerbohnen,
im Krähenkrächzen aus Eichenkronen –
wir leben zeitlos im ziehenden Wind
und für immer, weil wir gewesen sind.

INHALT